CRESPIN

# TROUBADOUR

## 3: Dritter Zweig

ARBORIS

1. Auflage 1996

Aus dem Französischen von Helmut Mennicken

ISBN 90 344 0948 1

ES FEHLEN ZWEI.
IMMER DIESELBEN!

MOUSTIER VON ROMETTE IM FRÜHJAHR 1088
NARCISSE!!... URS!!
KOMMT HER!... SOFORT!...

... ODER IHR BEKOMMT DIE RUTEN!!...

... KOMM, NARCISSE... BEWEG DICH... !
PUUH!!
ENDLICH... HABEN WIR RUHE, SOLANGE DER GOTTESDIENST DAUERT...
... DER ALTE RABE KANN JA VERSUCHEN, UNS EINZUFANGEN...
... SAG MAL, URS... ERZÄHLST DU'S MIR JETZT?...
GUT...
... ABER ZUERST...
... VER-SPRICHST DU MIR WAS...
HIER... DAS HABE ICH FÜR DICH BEIM BRUDER KELLERMEISTER STIEBITZT...
... GEHST DU WIRKLICH FORT VON HIER?... STIMMT DAS?...
... JA, NARCISSE. ICH MUSS IHN WIE-DERFINDEN...
... ER HATTE KEIN RECHT, MICH HIER ALLEIN ZU LASSEN...
ABER DU HAST ANRECHT AUF DEINE GESCHICHTE. ALSO HÖR MIR ZU...
... ALLES FING AN DEM NACHMITTAG AN, DA...
... CAFFAREL...
JA. JA... DER CAFFAREL, DEN MAN HIER GUT KENNT, KAM UNS BESUCHEN...
ICH WAR MIT MA GE-BLIEBEN.

DER ALTE CORPATUS SCHNAUFTE UND TAT SICH SCHWER ÜBER DAS GERÖLL, DAS ZUR HÖHLE FÜHRT...
... ZWEI MÄNNER, DIE KEINE MÖNCHE WAREN, BEGLEITETEN IHN.
WIR BEIDE BEOBACHTETEN, WIE SIE SICH UNS NÄHERTEN.
WIR MASSEN UNS GEGENSEITIG, DANN KNIETE DER JÜNGERE...
... UND ZEICHNETE ETWAS IN DEN BODEN...
... EIN ZEICHEN, DAS MA ERKANNTE

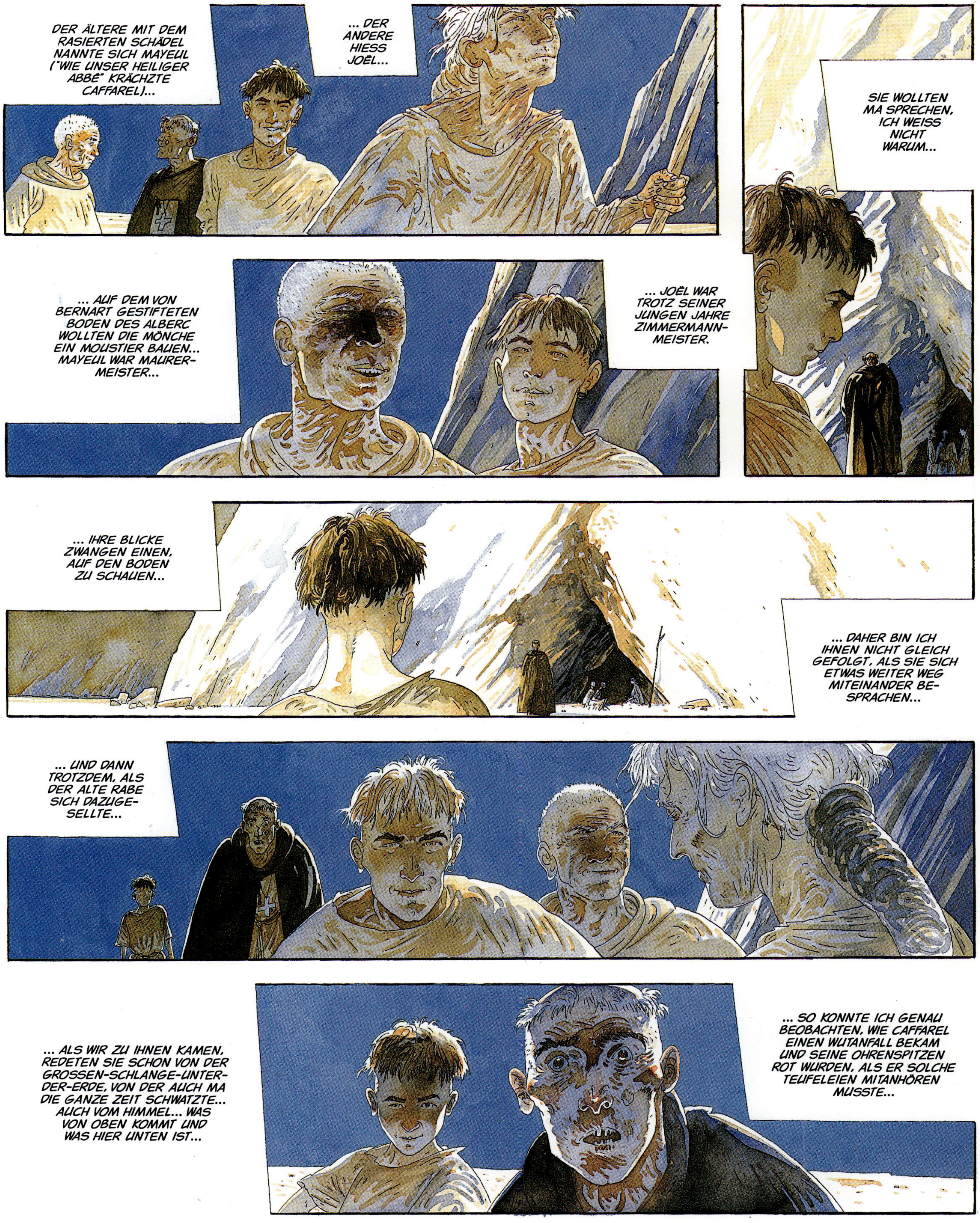
DER ÄLTERE MIT DEM RASIERTEN SCHÄDEL NANNTE SICH MAYEUL ("WIE UNSER HEILIGER ABBÉ" KRÄCHZTE CAFFAREL)...
... DER ANDERE HIESS JOËL...
SIE WOLLTEN MA SPRECHEN, ICH WEISS NICHT WARUM...
... AUF DEM VON BERNART GESTIFTETEN BODEN DES ALBERC WOLLTEN DIE MÖNCHE EIN MOUSTIER BAUEN... MAYEUL WAR MAURER-MEISTER...
... JOËL WAR TROTZ SEINER JUNGEN JAHRE ZIMMERMANN-MEISTER.
... IHRE BLICKE ZWANGEN EINEN, AUF DEN BODEN ZU SCHAUEN...
... DAHER BIN ICH IHNEN NICHT GLEICH GEFOLGT, ALS SIE SICH ETWAS WEITER WEG MITEINANDER BE-SPRACHEN...
... UND DANN TROTZDEM, ALS DER ALTE RABE SICH DAZUGE-SELLTE...
... ALS WIR ZU IHNEN KAMEN, REDETEN SIE SCHON VON DER GROSSEN-SCHLANGE-UNTER-DER-ERDE, VON DER AUCH MA DIE GANZE ZEIT SCHWATZTE... AUCH VOM HIMMEL... WAS VON OBEN KOMMT UND WAS HIER UNTEN IST...
... SO KONNTE ICH GENAU BEOBACHTEN, WIE CAFFAREL EINEN WUTANFALL BEKAM UND SEINE OHRENSPITZEN ROT WURDEN, ALS ER SOLCHE TEUFELEIEN MITANHÖREN MUSSTE...

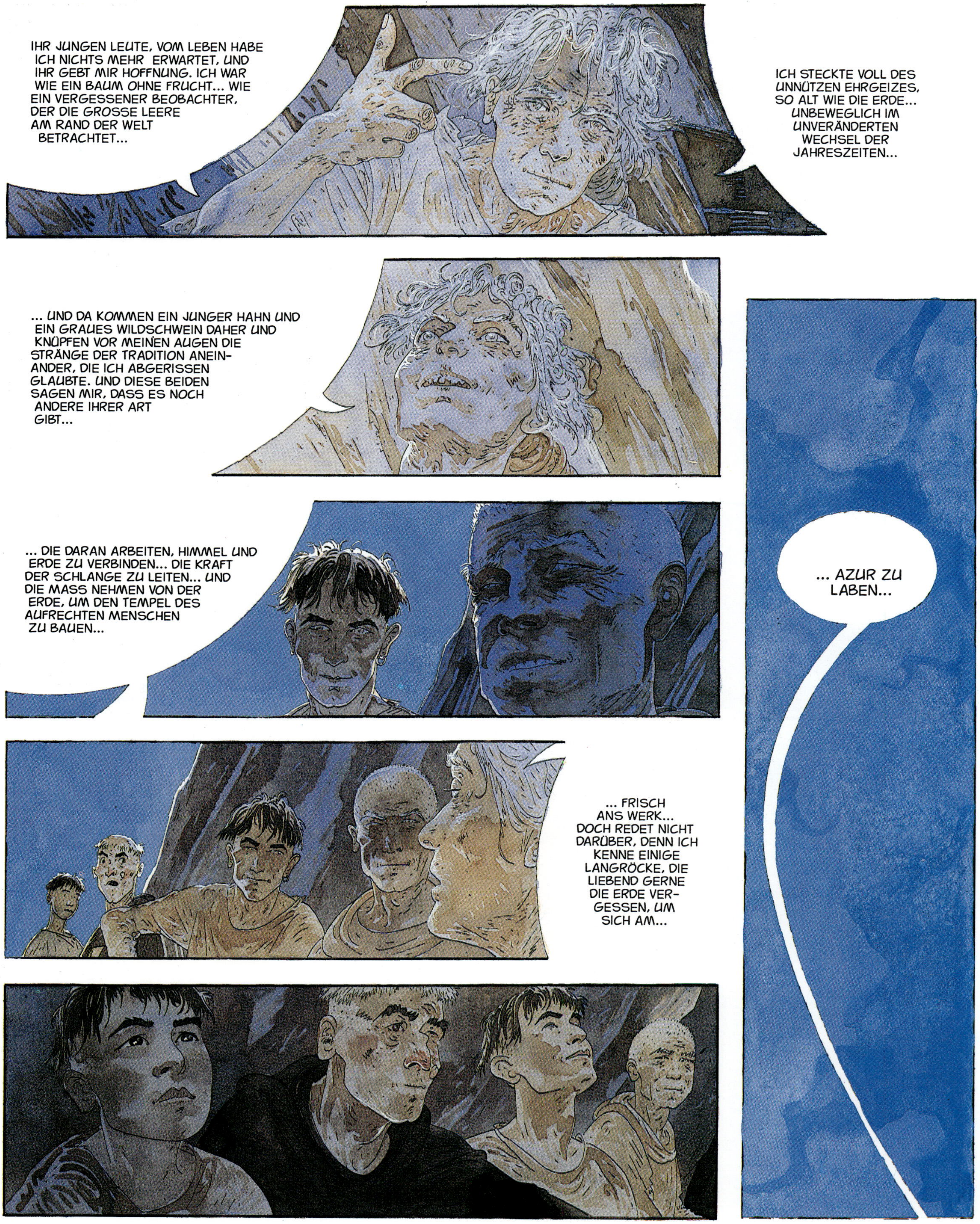
IHR JUNGEN LEUTE, VOM LEBEN HABE ICH NICHTS MEHR ERWARTET, UND IHR GEBT MIR HOFFNUNG. ICH WAR WIE EIN BAUM OHNE FRUCHT... WIE EIN VERGESSENER BEOBACHTER, DER DIE GROSSE LEERE AM RAND DER WELT BETRACHTET...
ICH STECKTE VOLL DES UNNÜTZEN EHRGEIZES, SO ALT WIE DIE ERDE... UNBEWEGLICH IM UNVERÄNDERTEN WECHSEL DER JAHRESZEITEN...
... UND DA KOMMEN EIN JUNGER HAHN UND EIN GRAUES WILDSCHWEIN DAHER UND KNÜPFEN VOR MEINEN AUGEN DIE STRÄNGE DER TRADITION ANEIN-ANDER, DIE ICH ABGERISSEN GLAUBTE. UND DIESE BEIDEN SAGEN MIR, DASS ES NOCH ANDERE IHRER ART GIBT...
... DIE DARAN ARBEITEN, HIMMEL UND ERDE ZU VERBINDEN... DIE KRAFT DER SCHLANGE ZU LEITEN... UND DIE MASS NEHMEN VON DER ERDE, UM DEN TEMPEL DES AUFRECHTEN MENSCHEN ZU BAUEN...
... FRISCH ANS WERK... DOCH REDET NICHT DARÜBER, DENN ICH KENNE EINIGE LANGRÖCKE, DIE LIEBEND GERNE DIE ERDE VER-GESSEN, UM SICH AM...
... AZUR ZU LABEN...

HMM!... ES... ES WIRD ZEIT ZU GEHEN... ZUR VESPER MÜSSEN WIR HEIMGEKEHRT SEIN...
WENN DER BROTHERR BEFIEHLT...
DANKE, MUTTER...
... IM MOMENT HABEN WIR WEITER SÜDLICH ZU TUN, ABER ZUR ZEIT DER HERBST-TAGUNDNACHTGLEICHE KOMMEN WIR ZURÜCK, UM UNS UMZUSEHEN...
AUF WIEDERSEHEN, IHR JUNGEN LEUTE!...
HE!! CAFFAREL!!
... ACHTET GUT AUF DIE BEIDEN UND BRINGT SIE MIR ZURÜCK...
... VON ZEIT ZU ZEIT...
... ICH GLAUBE, DASS MA INNERLICH JUBELTE.
... DA IST HUGUES, SEHT NUR ...
ALS SIE SICH ENTFERNTE, NÄHERTE SICH EIN ANDERER...
... OFFENBAR WAR ES DER TAG...

HUGUES!... HUGUES!... WIE GEHT'S GERAUD?!...
LASS DEN KLEINEN URS VORBEI... ICH HABE EILE!
MA!!
MA!!... ICH KOMME WEGEN MAURICE... MEINEM SOHN!... NA JA... DER...
ACH JA, ÜBRIGENS... WIE GEHT'S DEM GLÜCKLICHEN ERZEUGER?
GERAUD GEHT'S GUT... SOGAR SEHR GUT!!
ER TRINKT MEINEN WEIN UND BETRACHTET MEINE FRAU, UND SEIN LEBEN...
... IST NICHT MEHR IN GEFAHR.
HÖRST DU MICH VIELLEICHT AN?
ICH BIN NICHT HIERHER HOCHGESTIEGEN, UM VERALBERT ZU WERDEN!!
FASSE DICH, HUGUES, UND FOLGE MIR BIS ZUR HÜTTE, IN DER ICH MEINE KRÄUTER AUFHEBE...
DU WIRST MIR ALLES AUSFÜHRLICH ERZÄHLEN.
... ES GEHT UM DAS KIND. ES IST GANZ ROT...
... ES HAT FIEBER...!!
HUGUES... HUGUES... BERUHIGE DICH... ICH ENTSCHULDIGE MICH...
... UND SEIN HALS IST GESCHWOLLEN WIE EIN RIESENPILZ IM FRÜHLING.
... WIR WERDEN DEINEN MAURICE RETTEN...
BALD WAREN WIR NACH FAYETORTE UNTERWEGS.
MEIN PFERD IST GANZ IN DER NÄHE, UND FÜR DICH HABE ICH EIN MAULTIER...

HAST NICHT ANGST, DASS EIN WILDLING DARAUS WIRD?
HA... HA...!... ALLES ZU SEINER ZEIT...
... EINES TAGES WIRD ER ENTSCHEIDEN.
... MAN KÖNNTE MEINEN...
... DAS IST...
HE!!
... DAS IST BERNART!!
MUTTER!... ICH BIN EUCH HOLEN GEKOMMEN...
GENIÈVRE HAT SCHMERZEN!! DAS KIND KOMMT BALD!!!
UND SO ERHIELT MA DAS MAULTIER... (BERNART HATTE IN DER EILE FÜR SEINE MUTTER KEIN SATTELZEUG VORGESEHEN)...
WAS MICH BETRAF, STIEG ICH - VERSEHEN MIT IHREN EMPFEHLUNGEN UND IHREN HEILKRÄUTERN IN DER SATTELTASCHE - HINTER HUGUES AUFS PFERD... DANN RITT JEDER IN SEINE RICHTUNG...

*WIR VERLASSEN KURZ DIE ERZÄHLUNG VON URS, UM UNS ZUM ALBERC ZU WENDEN, WO BRUDER EUSTACHE WIE EIN WILDFANG RANNTE... ES IST AUFGEWÜHLT, DOPPELT AUFGEWÜHLT... UNZUFRIEDEN, DASS ER ZU DER ÜBLICHEN VESPER NICHT PÜNKTLICH ERSCHEINT, HAT ER SOEBEN VON EINEM REITER, DER BEREITS SCHNELL WEITERGALOPPIERT, EINE NEUIGKEIT ERFAHREN... EINE NEUIGKEIT...*

*... DIE SEIN HERZ, DAS EINES MANNES OHNE FRAU, ERREGT SCHLAGEN LÄSST.*

AM WALDRAND AN EINEM NAHEN HANG STEHT EIN MANN (DER BISHER IN DIESER ERZÄHLUNG MERKWÜRDIG ABWESEND WAR). ER HAT HUNGER. ES IST DIE STUNDE, DA ER GEWÖHNLICH HINABSTEIGT, ETWAS NAHRUNG ZU STEHLEN, WÄHREND DIE MÖNCHE SINGEN... ER HAT HUNGER, IST JEDOCH VORSICHTIG... ER EXISTIERT NICHT MEHR... ER IST UNSICHTBAR...
ER WARTET, BIS DER ANDERE IN DAS NEUE GEBÄUDE AUS HOLZ GEGANGEN IST, IN DEM VORÜBERGEHEND DER GOTTESDIENST ABGEHALTEN WIRD... DANN WIRFT ER SICH INS HOHE GRAS... ER IST UNSICHTBAR UND UNVERWUNDBAR... ABER VORSICHTIG.

BRÜDER...
BE... BERUHIGT EUCH, ICH BITTE EUCH...
BRÜDER EUSTACHE, DEN ES NICHT DAVON BEFREIT, PÜNKTLICH ZU ERSCHEINEN, HAT MIR EINE GROSSE NACHRICHT ÜBERBRACHT.
DAME GENIÈVRE, DIE GEFÄHRTIN UNSERES HERRN UND WOHLTÄTER BERNARTS...
HIHI...

... BE... BEFINDET... SI... SICH IN DEN SCHMERZEN DES GEBÄRENS...
LASSET UNS ZUSAMMEN BETEN...
DAMIT... KI... KIND UND MU... MUTTER GESUND BLEIBEN... UND DAMIT JESUS CHRISTUS, UNSER HERR, DER... VON EINER JU... JUNGFRAU GEBOREN WURDE, SIE SCHÜ... SCHÜTZE VOR DEN FALLEN DES BÖ... BÖSEN!
Ave , maris stella , Dei
Mater alma , atque semper virgo , felix cæli porta
Sumens illud Ave Gabrielis ore , Funda nos in pace ,

HUGUES! DER HINTERN TUT MIR WEH ...
SCHNELLER, MUTTER!!

— Domine, ne in furore tuo arguas me, neque in ira tua corripias me. Miserere mei Domine
quoniam infirmus sum, sana me Domine,

... DER GEHOBENE STEIN...
... DER BUND...
DER GNOMON, MAYEUL!
... DER TISCH...
... DER PFEILER...
MOSES IN DER WÜSTE RICHTETE DEN STEIN UND BAUTE EINEN ALTAR FÜR JAHWE...
... UND ÜBERALL, SEITDEM DIE WELT BESTEHT ...
... SUCHT DER MENSCH NACH SEINEM PLATZ IN DER GROSSEN SPIRALE...
DER MANN HAT HUNGER.
WAS HÄLTST DU DAVON, ETWAS ZU ESSEN?

"ICH KAM AUF DIE EBENE MIT DEN KLINGENDEN STEINEN,
ICH HABE PEYRE-FA ERKANNT... UND DAHINTER WAR ALLES ROT...
EIN GROSSER TEUFEL IST ERSCHIENEN...
... UM MIR DEN WEG ZU WEISEN.
JOËL?

WAS WAR DAS?
DAS KIND VON EBEN... JENES, DAS MIT DER ALTEN GEBLIEBEN IST...
... WENN EIN GEWITTER NAHT...
ER LIEF ZU DEN KLIPPEN, DORT OBEN. MAN SOLLTE MEINEN, DER TEUFEL WÄRE IHM AUF DEN FERSEN. WENN WIR MAL NACHSEHEN GINGEN?
JOËL JOËL...
ES STIMMT, DASS MAN BEI VOLLMOND NUR SELTEN SCHLAFEN KANN UND DER SCHUTZ EINER HÖHLE NICHT ZU VERSCHMÄHEN IST...
MEINE TANTE...
... ICH HABE KEINE SCHMERZEN MEHR, TANTE...
... EINE WEILE TUT ES MIR NICHT MEHR WEH...

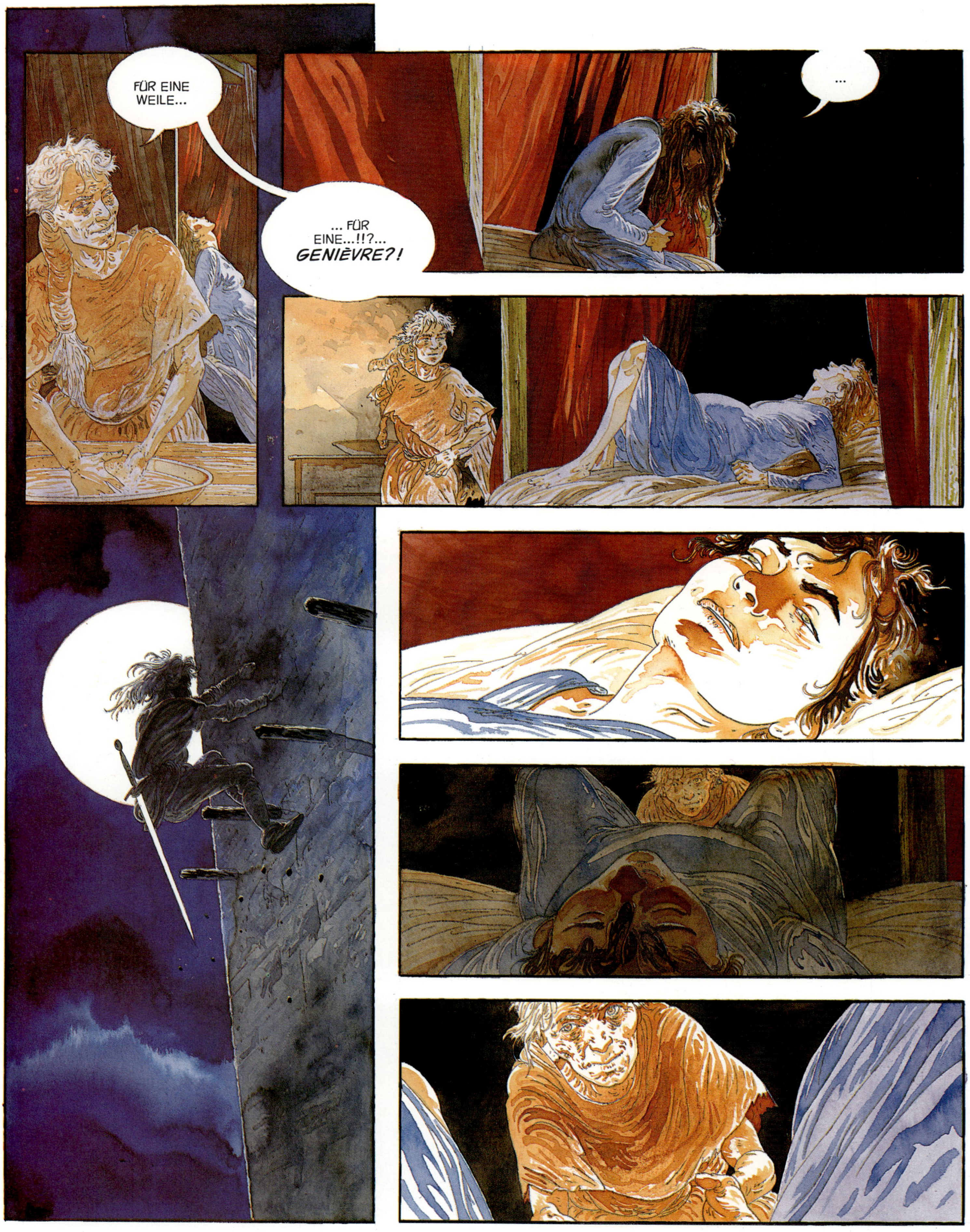
FÜR EINE WEILE...
... FÜR EINE...!!?... GENIÈVRE?!
...

... ES...
ES IST SEHR
HÄSSLICH...

GEH IHN HOLEN, MA... SUCHE IHN...
... DAMIT ER ES SIEHT...

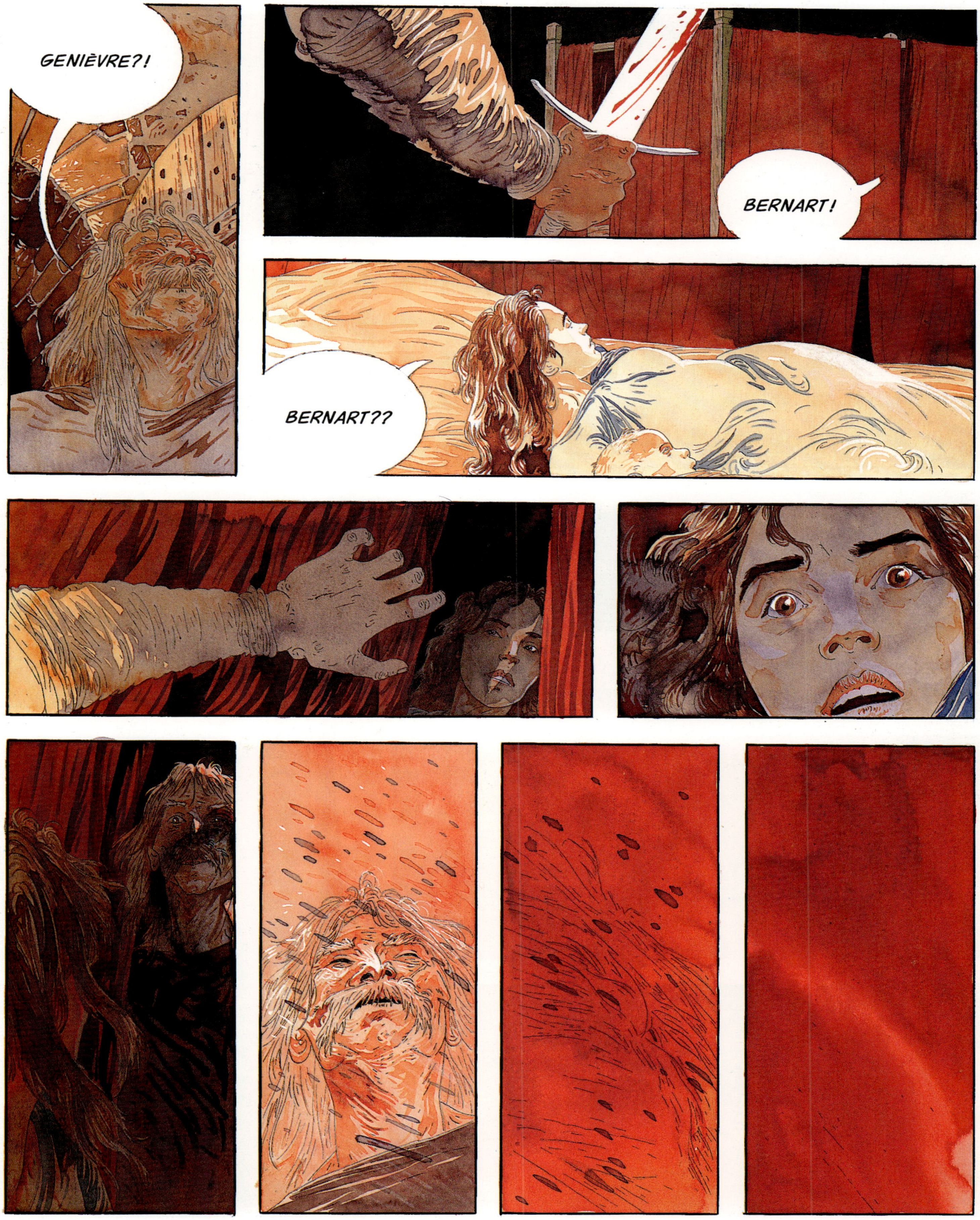
GENIÈVRE?!
BERNART!
BERNART??

... DIE HÖHLE...
GENIÈVRE !!...

GENIÈVRE!!
MUTTER!! WAS IST ES?
... EIN MÄ... MÄDCHEN, BERNART...
GENIÈVRE... D... DER FUCHS... WIR MÜSSEN...
ICH BIN HIER, BERNART...
... UND ICH BRENNE... UND ICH TÖTE...

DAS GEWÖLBE...
GAUDEMAR ...
GAUDEMAR!
NEIN!!
DAS DARFST DU NICHT! NICHT SIE! NICHT DAS KIND!! TÖTE LIEBER MICH, UND LASSE DAS KIND AM LEBEN! WAS HAST DU GEMACHT, GENIÈVRE?!

SCHWARZ ...
ALLES WIRD SCHWARZ ...
URS...
... KLEINER URS...
ICH WAR...
... KEINE FEE.
BERNART, DIE HEXE IST TOT...
TOT, GENIÈVRE ...
TOT AUCH BALD DIE LARVE, DIE NICHT HÄTTE GEBOREN WERDEN DÜRFEN...
TOT AUCH GAUDEMAR, DER NICHT MEHR BESTEHT!!
DU BIST ALLEIN!!

ALLEIN!
FÜR IDELETTE!

Virgo singularis, inter omnes mitis, nos, culpis
solutos, mites fac et castos. Vitam præsta param
iter para tutum, ut, videntes Jes
HE, FROSCH!!... RECHTER HAND KÖNNEN WIR DURCH EINE SCHNEISE DEN ALBERC SEHEN...
SIEH GUT HIN, DENN ICH REITE WEITER.

DA HINTEN!
HEEE BEEE!?
DIE... DIE MACHEN JA EIN KOMISCHES FREUDENFEUER!
SOLLTE MAN MEINEN... KLEINER...
... UND DAS IST GEWÖHNLICH NICHT SO!

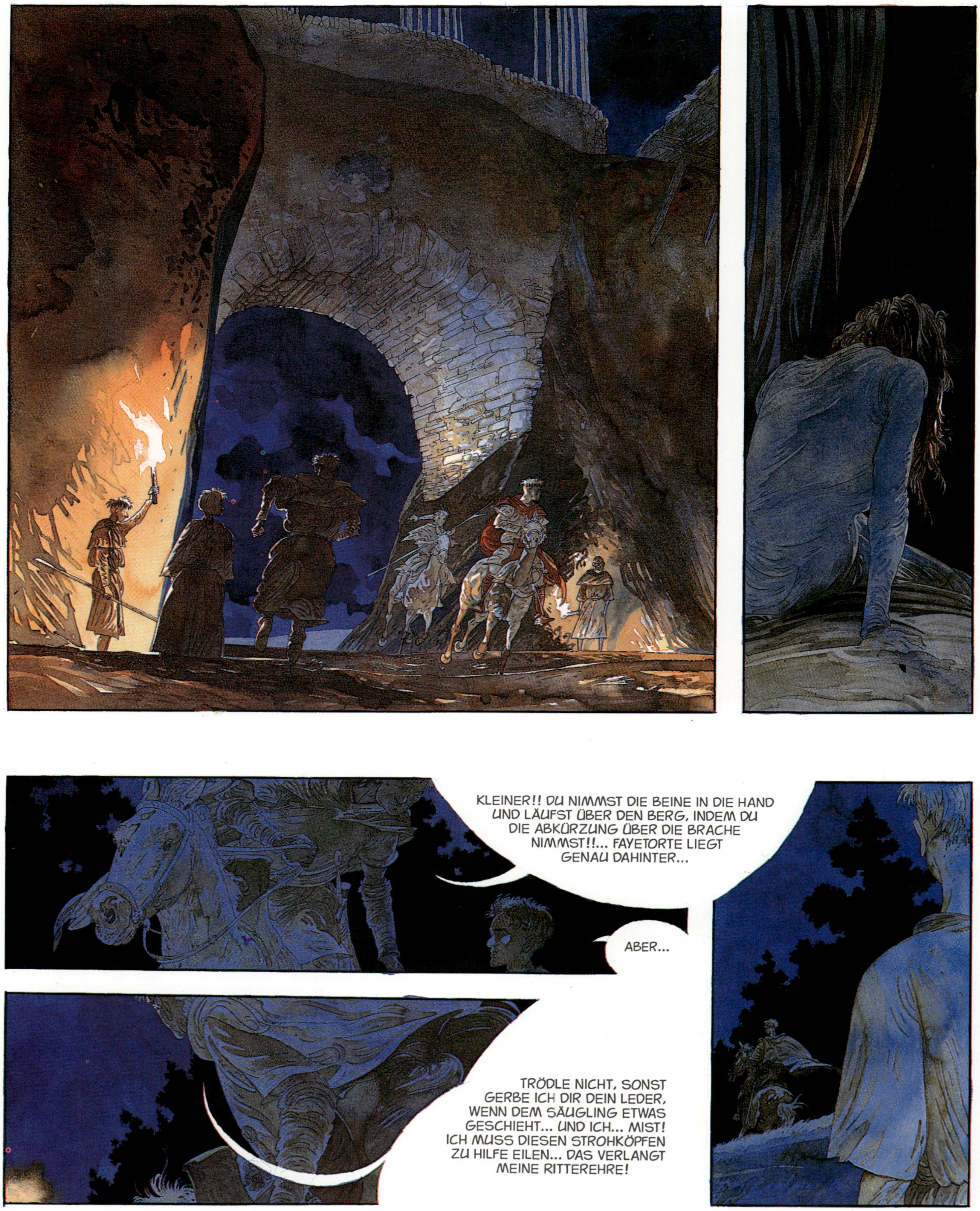
KLEINER!! DU NIMMST DIE BEINE IN DIE HAND UND LÄUFST ÜBER DEN BERG, INDEM DU DIE ABKÜRZUNG ÜBER DIE BRACHE NIMMST!!... FAYETORTE LIEGT GENAU DAHINTER...
ABER...
TRÖDLE NICHT, SONST GERBE ICH DIR DEIN LEDER, WENN DEM SÄUGLING ETWAS GESCHIEHT... UND ICH... MIST! ICH MUSS DIESEN STROHKÖPFEN ZU HILFE EILEN... DAS VERLANGT MEINE RITTEREHRE!

HAT JEMAND IN DIESEM KANINCHEN-STALL WENIGSTENS DARAN GEDACHT...
... WASSER ZUM KOCHEN AUF-ZUSETZEN?
JA... JA... DA... DAME... ES IST FER-TIG...
GUT... GUT... DANN BRINGST DU ALL DAS INS ZIMMER HOCH!!
... UND DU, MANN MIT DER FACKEL!! DU PFLÜCKST MIR FRISCHEN BEIFUSS FÜR DIE RÄUCHERUNGEN!
UND ICH, MUTTER?
DU... GEHST MIR AUS DEM WEG UND LÄSST MICH ARBEI-TEN...
... SIEH DIR DIE STER-NE AN!!
OOH... DU... !?
... DIE STERNE... DIE STERNE...

... DIE STERNE GEBEN KAUM LICHT... VON SCHNEISE ZU SCHNEISE GEHEND HABE ICH MICH VERIRRT...
HUGUES HATTE LEICHTES SPIEL MIT DER AB- KÜRZUNG... DIE BRACHEN... DIE BRACHEN...
... SEHEN EINE WIE DIE ANDERE AUS... DIE BRACHEN...
DAS FEUER ZUMINDEST DORT UNTEN, DA WUSSTE ICH GUT, WO ES SICH BEFINDET...
... ALSO BIN ICH DORTHIN GELAUFEN...

HEILIGER MIST!
... SIE SETZEN NOCH DAS GANZE LAND IN FLAMMEN!!
... CAFFAREL ...
CAFFAREL, HERRGOTT NOCHMAL!!... MIT DIESEN EIMERN RICHTET IHR NICHTS AUS!!
EINER EURER MÖNCHE NEHME MEIN PFERD UND REITE ZUM SCHLOSS!
KÜMMERN WIR UNS LIEBER DARUM, VON EUREM GUT ZU RETTEN, WAS NOCH ZU RETTEN IST...
DANN... ALLE MANN IN DEN FLUSS... UND...
BETET ZU GOTT!!

DEN MANN AM HANG SCHAUDERTE LANG... HIER HATTE ES SCHON GEBRANNT... ABER HEUTE NACHT IST ES NOCH SCHÖNER.

... ROT
GAUDEMAR !!
GAUDEMAR !!
... ROT...

ICH WERDE DICH UMBRINGEN...
ICH WERDE DICH UMBRINGEN, ICH WERDE DICH UMBRINGEN, ICH WERDE DICH UMBRINGEN...
... ROT...

WEITER ENTFERNT, DOCH UNTER DEMSELBEN MOND...
JOËL!
WIR HÄTTEN DOCH ÜBER NACHT DORT BLEIBEN KÖNNEN, ODER?
... UM DEN RANZIGEN SCHWEISSGERUCH DER MÖNCHEN EINZUATMEN?
DU BIST EIN UNGLÄUBIGER, JOËL... DU HAST ES SOGAR GESCHAFFT, DIE VESPER ABZUBRECHEN!
... UND SOGLEICH HATTEN WIR EINEN SCHÖNEN SONNENUNTERGANG!
... UND EINEN SCHÖNEN MONDSCHEIN ZUM REITEN... WAS WILL MAN MEHR?
HALT MACHEN ZWISCHENDURCH BEI PIERRE-AUX-OISEAUX, WO WIR AN JENEM MORGEN VORBEIGEKOMMEN SIND...
DU FOLGST MIR BESTENS, MAYEUL!
... DORT SCHLAGEN WIR UNSER LAGER AUF.
DORT IST ES!

IN FAYETORTE
ATMET DER
SÄUGLING
KAUM. DIE
SCHAUKELNDE
WIEGE
QUIETSCHT,
DIE FLIEGEN
SUMMEN.

ARNAUDE
SIEHT GÉRAUD
AN, UND
GÉRAUD SAGT
NICHTS. SEIT
LANGEM SCHON
HABEN SIE
SICH NICHTS
MEHR ZU
SAGEN.

EBEN NOCH
ERFÜLLTEN DIE
SCHREIE DES
SÄUGLINGS IHR
SCHWEIGEN...
ABER ER WEINT
NICHT MEHR, SEIN
ATEM GEHT KURZ.

HUGUES UND
DIE ALTE LASSEN
SEHR AUF SICH
WARTEN. ARNAUDE
GEHT ÜBER DIE
MONDSCHEIN-
ÜBERSCHWEMMTE
SCHWELLE.

GÉRAUD SIEHT
SIE NICHT MEHR.
ER BLEIBT ALLEIN
IN DER VON INSEKTEN
KNISTERNDEN NACHT.
SEINE SCHLÄFEN
KLOPFEN, NACH ALL
DEM WEIN, DEN ER
GETRUNKEN HAT.

IN DER NACHT HINTER IHR, DIE NACH ABSINTH RIECHT...
...LEUCHTEN DIE HELLEN BLITZE ÜBER DEN BLACHEN, ÜBER DEM ALBERC AUF...

... ICH LIEF, ICH LIEF, ICH LIEF, NARCISSE... UND ICH WUSSTE NOCH NICHT, WOHIN...

... ICH WUSSTE NUR, DASS ICH AUFSITZEN MUSSTE... AUFSITZEN... AUFSITZEN...

ALISE!!

HERR!... DORT OBEN... IN DEM MEHL-BEERBAUM-BUSCH!
DAS KIND!!
... ES SCHREIT!!
... ES LEBT!!
ALISE...

MAN KÜMMERE SICH UM SIE.
ICH SEHE... SIE SPÄTER...

IN DER DÄMMERUNG...
GENIÈVRE ...
... SÜSSE FREUNDIN,
VOGEL,
KIESEL...
... SIEHT GANZ SO AUS, ALS MÜSSTE ICH MEINE FEE EINE ZEITLANG VER-LASSEN...
... UND NUR CHRISTUS ODER DIE STEINE WISSEN, WIE DIE STRÄNGE IN ZUKUNFT GEKNÜPFT WERDEN...
... DANN AM NEUEN TAG...

... LIESS BERNART SEINE TOTEN BEERDIGEN...
... UND ÜBERTRUG HUGUES DIE FÜRSORGE SEINES LEHENS... UND DES KINDES.
ALS ER SICH ENTFERNTE, TRAF ER AUF ZWEI REITER UND EINEN PACKESEL...
EINER DER BEIDEN DRÜCKTE EIN ERSCHÖPFTES KIND AN SICH.

IN DER MITTAGSSONNE BIN ICH ERWACHT...
BERNART SASS UNTER EINEM BAUM... AN EINEM ORT, DEN ICH NICHT KANNTE...
... ICH SAGTE:
GAUDEMAR IST TOT...
... ICH HABE IHN GETÖTET.
BERNART HAT NICHT GEANTWORTET.

ABENDS TRAFEN WIR IM MOUSTIER VON ROMETTE EIN...
IN DER DÄMMERUNG WAR BERNART VERSCHWUNDEN...
TAGELANG HABE ICH DEN HORIZONT ABGESUCHT... UND GESCHAUT... UND GESCHAUT...
... ER HATTE KEIN RECHT, MICH ALLEINE ZURÜCKZULASSEN...

. 10/12/93 .

ENDE DES DRITTEN ZWEIGES

ENDE DER ZEIT VON MA